눈으로 쓰는
이야기 하나

눈으로 쓰는 이야기 하나

1판 1쇄 발행 2026년 1월 5일

저자 김주은혜

교정 황윤   **편집** 문서아   **마케팅·지원** 이창민

펴낸곳 (주)하움출판사   **펴낸이** 문현광

이메일 haum1000@naver.com   **홈페이지** haum.kr
블로그 blog.naver.com/haum1000   **인스타그램** @haum1007

ISBN 979-11-7374-283-5 (03810)

좋은 책을 만들겠습니다.
하움출판사는 독자 여러분의 의견에 항상 귀 기울이고 있습니다.
파본은 구입처에서 교환해 드립니다.

눈으로 쓰는 이야기 ──

하
나

하움출판사

/ 차 례 /

시작

한 8

아픔

힘 12
숨 14
입 16
잠 18
벽 20
쉼 22
나 24
병 26

위로

눈 30
비 32
꽃 34
풀 36
숲 38
철 40
봄 42
별 44

우정

너 48
벗 50
앗 52
결 54
손 56

사랑

빛 60
품 62
쿵 64
등 66
빚 68

믿음

복 72
귀 74
날 76
엘 78
통 80
길 82

●가치

삶 ·········· 86
승 ·········· 88
금 ·········· 90
돈 ·········· 92
또 ·········· 94
풋 ·········· 96
안 ·········· 98
꼭 ·········· 100
답 ·········· 102
말 ·········· 104
창 ·········· 106
물 ·········· 108
점 ·········· 110
선 ·········· 112
면 ·········· 114

●소망

시 ·········· 118
끝 ·········· 120
밤 ·········· 122

●인사

해 ·········· 126

🎧 시 오른쪽 페이지의 QR코드를 스캔하면 노래로 감상하실 수 있습니다.

시작

한

한 글자면 충분하다
시인의 마음을 담기에

눈물도 웃음도
작은 글자 하나에 담기니
시란 본디 거창할 필요 없다

한 단어면 충분하다
사람의 마음을 전하기에

'미안해'
'고마워'
짧은 진심 하나가
세상 모든 문장을 이긴다

한 걸음이면 충분하다
하루의 삶을 시작하기에

멀리 가려 애쓰지 않아도
오늘 내딛는 발자국 하나가
어제와 내일을 잇는다

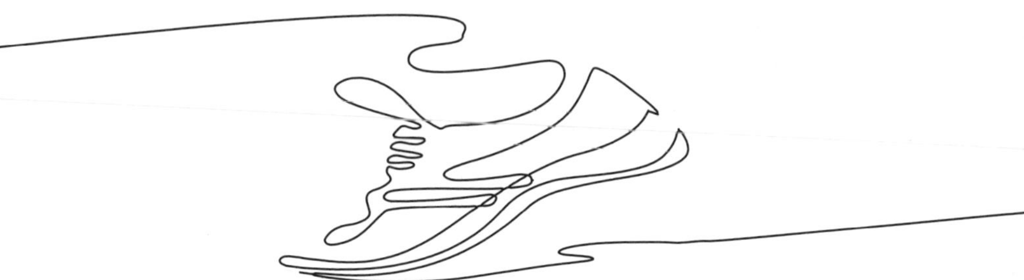

아픔

힘

컵이 떨어졌다
숟가락이 떨어졌다
종이가 떨어졌다
모든 것들이 벗어났다
마른 모래알처럼

왼손과 왼팔이 내 말을 듣지 않았다
내 몸에 붙어있지만 내 것이 아닌 것처럼
말 안 듣는 사춘기 아이들처럼

오른팔, 오른쪽 다리, 왼쪽 다리...
하나씩 내 말에 불복하는 녀석들이
늘어날수록 나는 깨달았다

내려놓는 것이 무엇인지
내가 할 수 없음을
마침내 내 힘으로 숨도 쉴 수 없을 때
비로소 나는 모든 것을 전적으로 그분께 맡겼다

내 몸이 감옥에 갇히니
나는 완전히 자유로워졌다
나는 너무나 가볍고 홀가분하다
오늘도 나는 저 하늘을 난다

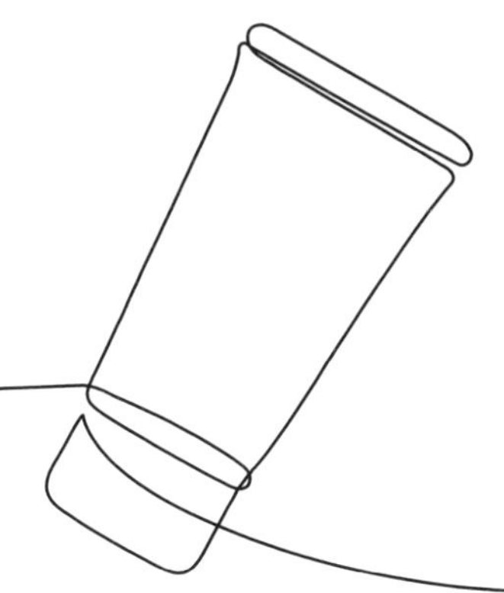

숨

전에 나는 내가 숨을 쉬는지 몰랐다
내 안에 풍선이 저절로 부풀고 꺼지고
생명이 들락날락하는 것을 몰랐다

지금 나는 내가 숨을 쉬는지 안다
내 안에 쪼그라든 풍선이 간신히 펴지고
생명을 열심히 끌고 가는 것을 안다

이제 나는 내 모든 숨을 느낀다
매분 매초 기계음을 귀로 들으며
전력 질주를 한 듯 들썩이는 가슴을 눈으로 보며
내 생명을 고스란히 느낀다

태초에 하나님이 불어넣으신 생기가 무엇인지
비로소 나는 알았다
한 줌의 숨만이 아니라는 것을

그래서 나는 오늘도 최선을 다해 산다
나를 살리기 위해 열심인 저 기계처럼
미안하지 않기 위해
후회하지 않기 위해

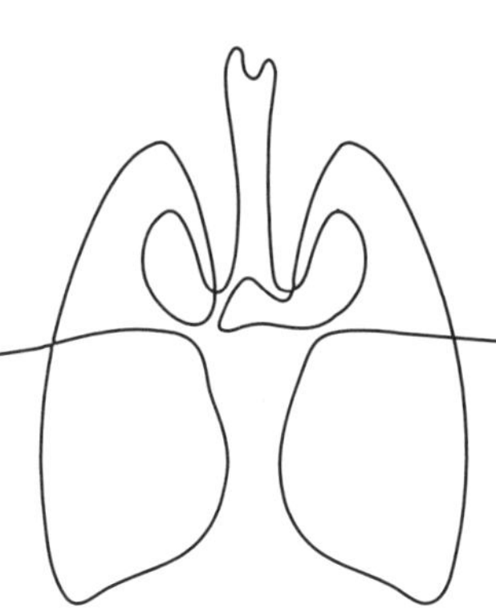

입

나는
입만 살아 있다

정확히 말하면
내 의지로 움직일 수 있는 건
오직 입과 눈뿐이다

병원에서는 말한다
기관절개를 하라고
생명을 연장하라고
대신 인어공주처럼
목소리를 포기하라고

지금처럼
하루 종일 가쁜 숨을 몰아쉬지는 않겠지
하지만
나는 가진 것의 반을
포기해야 한다

그렇지만
나는 아직
할 말이 많다

소중한 딸과 아들에게
사랑한다고 말해야 하고
날 돌봐주는 이모들과
시시껄렁한 농담도 해야 하고
찾아와 주는 친구들에게
고맙다고 말해야 하고
아직 나를 의지하는 후배들에게
의견도 줘야 하고
아픈 사람들에게
함께 견디자고 말해야 하고
하나님이
아직 나를 통해
일하고 계신다고도 말해야 한다

나는
아직
어눌하지만
할 말이 많다

그래서
나는
내 입을 지켜야 한다

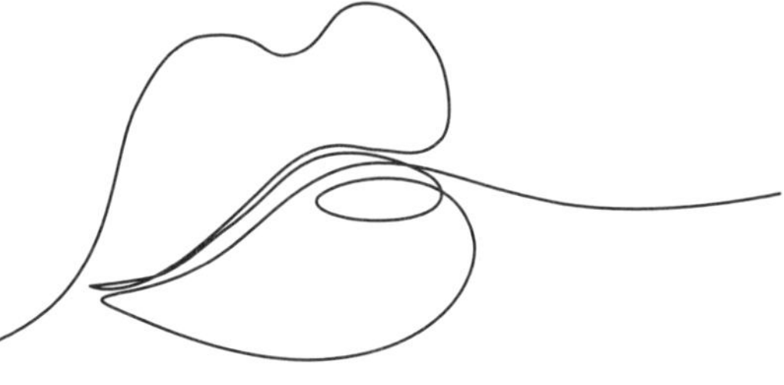

잠

오늘도 열심히 살았다
나에게 선물을 주었다
아무것도 하지 않고
아무 생각도 하지 않고
오롯이 날 위해 쉬는 시간

어느 날 잠은 나에게 고통이 되었다
눈을 뜰 수 없을 만큼 졸려도
머릿속에 태풍이 불고
내 입에서 쏟아져 나오는 차가운 바람이
날 고문하기 시작했다

인공호흡기의 기계적인 바람 소리는
내 귀를 쉬지 않고 괴롭히고
코를 따라 흘러내리는 끈적이는 물은
입술을 지나 턱 아래 고이면서
깊은 골을 만들어 생채기를 냈다

사랑하는 자에게 잠을 준다 하셨는데
나를 엄청 사랑하셔서 잠이 쏟아지는데
호흡기 빼고 한 번만 자봤으면

벽

나는 반 평짜리 감옥에 산다
볼 수 있는 것은 오로지 정면에 있는 벽뿐
반 평짜리 침대에는 벽이 없는데 벽이 있다

어느 날 정면에 창문이 생겼다
똑같은 건물들이 땅에 뿌리를 내리고
꼼짝도 않고 가만히 있다 나처럼

그런데 전에 안 보이던 것들이 보인다
구름의 높이와 모양이 매일 다르다는 것을 아는가
매일의 노을빛이 얼마나 아름답게 변하는지 아는가
창에 맺히는 물방울이 얼마나 어여쁜지 아는가
눈 덮인 세상의 다정한 음성을 들어 보았는가
사뿐사뿐 움직이는 바람의 춤사위를 보았는가

내 감옥에서 나는 세상의 중심이 되고
별빛 밤하늘을 맘껏 헤엄쳐 다니고
쪽빛 바닷물 속을 두둥실 날아다닌다

쉼

45년 동안 열심히 걷고 뛰었던
나의 다리에게 쉼을 주었다

45년 동안 열심히 일했던
나의 손에게 쉼을 주었다

45년 동안 의자에 앉아 열심히 살았던
나의 몸에게 쉼을 주었다

가지 말아야 할 곳에 가지 않게 되었고
만지지 말아야 할 것을 만지지 않게 되었고
앉지 말아야 할 곳에 앉지 않게 되었으니
이 얼마나 감사한 일인가

하지만 여전히 나는
보지 말아야 할 것을 보고 있고
생각하지 말아야 할 것을 생각하고 있으니
이 얼마나 한심한 인간인가

천국에 들어가는 날
비로소 육체와 생각의 굴레를 벗고
진정한 쉼을 얻을 것이다

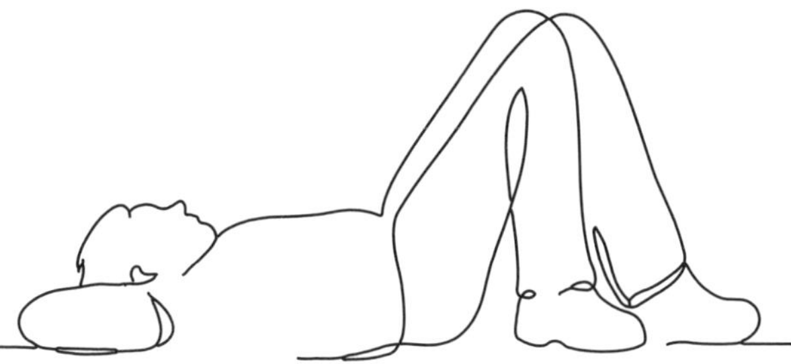

나

나는 알았다
내 몸이 무너지고 있다는 것을

그때부터 병은
더 이상 칼이 아니었다

상처를 입히던 칼날은
내 안에서 무뎌졌다

피는 멎고
고요만 남았다

나는 나를 응시했다
흉터까지도
메마른 숨결까지도

그렇게 마주한 병은
더는 병이 아니었다

그것은 내 하루였고
내 밤이었고
내 이름이 되었다

나는 아프지만
나는 병이 아니다

나는, 여전히 나다

병

이 병도
하나님이 내게 주신
선물이겠거니

왜 주셨는지는
아직 모르겠지만
그건 나중에
얼굴 마주하고 묻기로 하고

지금은 그냥
감사하려 한다
숨 쉴 수 있음에
눈 뜰 수 있음에

아직
사랑할 수 있음에

위로

눈

밤새 선물이 내렸다
온 세상을 따뜻하게 덮었다

예쁜 것도 미운 것도
깨끗한 것도 더러운 것도
밝은 것도 어두운 것도
기쁨도 슬픔도
행복도 아픔도

공평하게 모두에게 내렸다
모두가 다 똑같다고
그러니 다 잊고
이 순간부터 새로 시작하라고

비

비가 오는 날이 좋다
비를 맞으면 은근히 올라오는
땅 냄새가 좋다
흩날리는 빗방울 때문에
뿌옇게 흐려지는 시야 사이로
다가오는 불빛이 좋다

비가 오는 날이 좋다
비가 오는 날은 울어도 된다
실컷 울어도 된다
같이 울어주는 하늘 때문에
눈물과 빗물이 하나가 된다

비가 그치고 나면
내 마음이 맑게 갠다

꽃

나는 꽃이 좋다

순백의 카라는 우아해서 좋다

노란 프리지어는 봄 향기가 좋다

연둣빛 폼폼은 앙증맞아서 좋다

보랏빛 수국은 풍성해서 좋다

하얀 소국은 수수해서 좋다

분홍빛 콜롬비아 카네이션은 화려해서 좋다

초록빛 유스커스는 생명력이 좋다

주홍빛 러넌큘러스는 웅장해서 좋다

연분홍빛 거베라는 단순해서 좋다

연보랏빛 스타치스는 한결같아서 좋다

파란 델피니움은 시원해서 좋다

새하얀 백합은 향기가 좋다

살굿빛 튤립은 아늑해서 좋다

새빨간 천일홍은 강렬해서 좋다

바닷빛 아이리스는 기품 있어서 좋다

진초록빛 유칼립투스는 귀여워서 좋다

물론
너도 좋다

풀

햇살 아래,
서로 다른 이름을 가진 풀들이 모여 있다

민들레는 고개를 들고,
가벼운 바람에도 웃음을 흘리고

쑥은 낮은 자세로,
기억을 품고 자란다

질경이는 밟혀도 다시 일어나고
개망초는 구석에서
하얀 마음을 지켜낸다

쇠뜨기는 아무 말 없이
가늘지만 단단한 길을 걷고,
냉이는 봄의 시작을
먼저 알아차린다

이름도 모르고 지나친 풀 하나,
사실은 나보다 오래
이 땅에 뿌리를 두고 있었다

그 조용한 생의 방식이
오늘의 나를 다독인다

숲

도망가고 싶거나
숨고 싶은 날
내 마음은 숲으로 간다

숲에는
말 대신 바람이 있고
눈물 대신 이슬이 있다

나무들은 내 아픔을 묻지 않는다
그저 그 자리에 서서
긴 시간의 침묵으로
내 숨을 받아준다

잎사귀 하나에
내 마음이 걸려 흔들린다
그 흔들림마저
자연의 일부가 된다

숲

넘어졌던 마음이
흙냄새 속에서 숨을 쉬고
가만히 앉은 그 자리에
나도 모르게 뿌리를 내린다

나는 조금 가벼워진다
숲은 늘 그 자리에서
내 마음을 기다려준다

철

여름에 가을을 그리지 마세요
아직 뜨거운 바람이
당신의 뺨을 쓰다듬고 있는데

가을에 겨울을 그리지 마세요
낙엽이 아직
떨어지는 법을 배우고 있는데

너무 먼저 그리면
햇살도 울고
나무도 길을 잃습니다

지금 있는 자리에서
지금 피어나는 것들을
한 번만 더 바라봐 주세요

바람이 바람일 때

꽃이 꽃일 때

당신이 당신일 때

그때가 가장 아름답습니다

봄

이제 봄이 오려나 봅니다

바람이 살랑살랑
향기가 몽글몽글
초록이 쭈뼛쭈뼛
빗물이 토독토독
햇살이 포근포근
흙내음 꼬물꼬물
물방울 반짝반짝
나비가 팔랑팔랑
고양이 살금살금
강아지 뒹굴뒹굴
병아리 옹기종기
송사리 올망졸망

가슴이 콩닥콩닥

마음이 두근두근

코끝이 간질간질

졸음이 스물스물

귓가에 소곤소곤

두뺨이 보들보들

두손이 둥실둥실

엉덩이 들썩들썩

걸음이 사뿐사뿐

미소가 빙긋빙긋

기대가 차곡차곡

희망이 주렁주렁

정말 봄이 오려나 봅니다

별

하늘에 구멍이 뚫렸나 보다
별빛이 쏟아져 내 콧등에 내려앉았다
그래서 나는 외롭지 않다
그래서 나는 무섭지 않다

나도 나중에 별이 되어야지
누군가의 가는 길에
말동무가 되어주고
외롭지 않게 같이 있어 줘야지
무섭지 않게 지켜줘야지

밤이 너무 길어 지칠 때
작은 빛 하나로 마음을 안아줄 수 있게
그저 거기 있어 주는 별이 되어야지

보이지 않아도
늘 그 자리에 있는
따뜻한 약속이 되어야지

우정

너

유리장 안에 쌓인 물건들은
빛은 반사하지만 온기는 담지 못한다

하지만
너와 마주 앉아 마신 늦은 오후의 커피,
그때 창밖에 흘러가던 노을의 주황빛은
아직도 마음 안에 찬찬히 머물러

기념품보다 더 또렷한 건
돌아오는 길에 불어오던 바람,
가벼운 웃음,
그때 들었던 음악,
그때 느꼈던 떨림,
그리고 함께 걷던 조용한 길

모든 건 지나가고
물건은 바래지고
기억은 흐려지지만
마음 깊은 곳엔
작은 순간들이 촘촘히
별처럼 박혀 있다

그래서 나는
모으려 한다
소유하지 않고도
영원한 것들을
너와 함께한 순간을

벗

내겐 이런 친구가 있다
먹먹해서 아무 말도 안 나올 때
내 손잡고 한 시간이고 두 시간이고
침묵을 지켜줄 친구

내겐 이런 친구가 있다
집안 꼴이 엉망이라고
얼른 일어나 청소하라고
화내면서 내 집을 치우는 친구

내겐 이런 친구가 있다
내 눈에 눈물이 고여 흐르려 할 때
달래지도, 눈물 닦아주지도 않고
나보다 서럽게 울어줄 친구

내겐 이런 친구가 있다
힘내라, 괜찮다, 할 수 있다고 말하지 않아도
곁에 있기만 해도 힘이 나고, 괜찮아지고
무엇이든 다 할 수 있을 것 같은
그런 친구가 있다

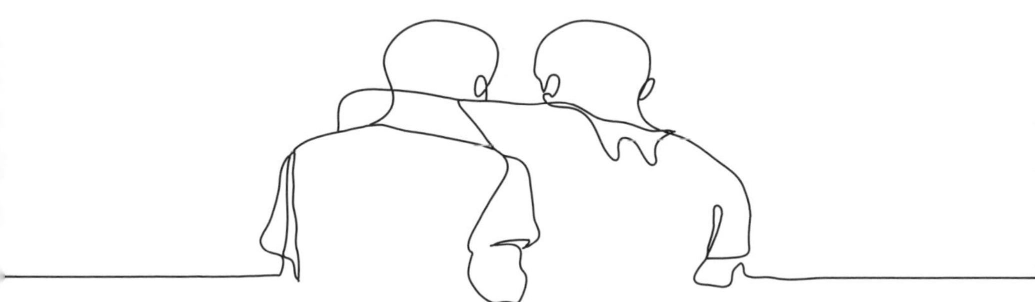

앗

앗
깜빡했다
모든 사람은 죽는다는 것을
가는데 순서 없다는 것을

앗
깜빡했다
하마터면 그냥 죽을 뻔했다
나중에... 미뤄놨던 버킷리스트는
꺼내보지도 못하고

앗
깜빡했다
그대에게 이 말도 못 하고 갈 뻔했다
오늘을 살라고
아끼다 똥 되고
미루다 거름 된다고

결

많은 이가
많은 말을 남긴다
자신이 옳았다고
누군가를 위했다고
정의였다고

하지만 나는 이제 안다
진짜는 말보다
느린 걸음으로 온다는 것을

조용히 문을 열어주고
아무 말 없이 등을 토닥이고
누구도 보지 않는 자리에서
자기 몫을 묵묵히 해내는 사람
그 어떤 말보다
그 어떤 표정보다
단 한 번의 행동이
그 사람을 말해준다

누가 진정 훌륭한 사람인지는
긴 시간 끝에
서서히 드러난다

그리고 그 끝에서
나는 너를 보았다

화려하지 않아도
묵직하게 살아가는 너

그래서 나는 믿는다
너는 이미
충분히 아름다운 사람이라고

손

사람의 마음은
입술에 있지 않다
손에 있다

백 마디 위로의 말보다
따스하게 맞잡은
두 손에 있더라

쯧쯧 안타까운 탄식보다
베풀고 나누는
손길에 있더라

걱정하고 있다는 입보다
안부를 문자로라도 물어보는
손가락에 있더라

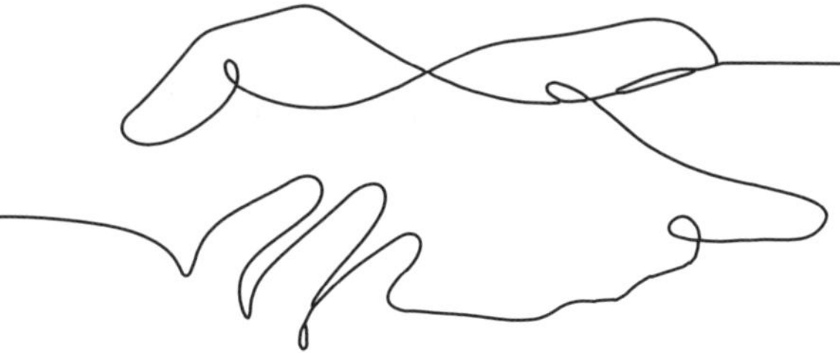

사랑

빛

사랑하는 딸아
네가 나에게 왔을 때
나는 기쁨의 빛을 보았단다
너를 처음 만났을 때
너는 정말 반짝반짝 빛났단다

너의 기쁨을 많은 이들에게
아낌없이 나누어 주렴
누군가에겐 사랑의 모양으로
누군가에겐 희망의 모양으로
누군가에겐 소망의 모양으로

그러면 네 안의 그 빛이
더 밝아지고 더 반짝일 거야
끊임없이 채워지는 따뜻한 빛을
감사하게 될 거야

사랑하는 아들아
너는 내게 희망의 빛이란다
포기하고 싶을 때 용기를 주고
살아내게 한 희망의 빛이란다
너는 정말 아름다운 빛이란다

많은 사람들이 너를 통해
나와 같은 희망을 얻게 해주렴
누군가에겐 정신적인 나눔으로
누군가에겐 물질적인 나눔으로
누군가에겐 재능을 나눔으로

그러면 네 안의 그 빛이
더 밝아지고 더 반짝일 거야
끊임없이 채워지는 따뜻한 빛을
감사하게 될 거야

품

딸아,
손가락이 베였을 때
붉은 선이 번지기 전에
반창고를 붙이듯

마음에도 작은 상처가 나면
말 한마디,
따뜻한 시선,
살포시 건네는 위로 한 조각이 필요해

투명한 얇은 손길 한 번이면
아픔이 번지는 속도가 느려지고
깊던 구멍에도 살며시 붙는
보이지 않는 반창고가 되어주지

때로는 가벼운 농담 한 줄이
웃음 한 방울을 흘리게 하고
상처 위를 덮어 주기도 해

손끝에 남은 잔여물처럼
마음에도 은근히 남는
그 작은 위로가
다시 살아갈 힘이 된단다

딸아,
너는 그런 아픔을 미소로 안아줄
너른 품을 가진 사람이란다

쿵

아들아,
고통과 실패에도
숨겨진 선물이 있단다

비가 온다고
피할 곳만 찾지 말고
빗속에서 춤추는 법을 배우자

'실패'라는 단어를
우린 정교하게 수놓아 보자
튕겨 나온 실밥조차
고급스러운 자수처럼 보이게

상처 난 마음엔
반창고 대신
작은 농담 하나 붙여줘

아픔은 구석으로 숨고
다시 일어서는 너는
그 자체로 빛날 거야

그러니 아들아,
당당하게 넘어져라
그리고 우아하게 일어나

고통과 좌절 속에서도
너를 잃지 않길 바란다

등

너에게
쉬어갈 곳이 되어주고 싶었다
세상의 바람이 거칠게 부는 날엔
잠시 기대어 울어도 되는 곳으로

작은 어깨라도
너의 눈물 한 방울쯤은
조용히 받아줄 수 있기를 바랐다

때론 네 짐이 너무 무거워
걸음이 흔들릴 때
조심스레 등을 내어주었다
"괜찮아, 잠깐만 나한테 기대."

뒤돌아 너의 부끄러움을
살짝 가려줄 수 있다면
그 또한 엄마로서의 은혜라 믿는다

나는 말없이 서 있다
너의 길 한가운데서
쉼이 되고, 그림자가 되고,
작은 온기가 되어

빚

사랑의 빚은
숫자로 담을 수 없고
차용증으로 남지 않네

손끝에 맴돌다 흘러간 마음 조각
돌아올 길 묻지 않은 채
바람 따라 미끄러지네

그러니 우리,
한 번 웃고
한 번 눈물로 씻은 뒤
그 여운만 가슴에 남기세

이 빚은 갚을 수 없으니
그저
함께
흘려보내세
사랑이 필요한 이에게로

믿음

복

전에는 부유한 것이 복인 줄 알았다
전에는 배부른 것이 복인 줄 알았다
전에는 건강한 것이 복인 줄 알았다
전에는 아름다운 것이 복인 줄 알았다
전에는 지식이 많은 것이 복인 줄 알았다
전에는 친구가 많은 것이 복인 줄 알았다
전에는 복은 받는 것인 줄 알았다

이제는 안다
가난한 심령이 축복이라는 것을
배고파도 남은 것에 감사하는 것이 축복이라는 것을
몸이 아파도 하나님과 동행하는 것이 축복이라는 것을
아름다운 세상을 창조하신 하나님을 보는 것이 축복이라는 것을
여호와 하나님을 아는 지혜가 축복이라는 것을
단 한 명이라도 같은 곳을 바라보는 친구가 축복이라는 것을
축복은 나를 통해 흘러간다는 것을

귀

귀는 아무런 권리가 없다
듣고 싶은 말만 골라 들을 수 없고
듣기 싫다고 막을 수도 없다
귀는 언제나 열려 있다
내 의지로 닫을 수 없다

삶도 그렇다
내 뜻대로 끌고 갈 수 없고
마음대로 포기할 수도 없다
내 삶의 주인은 내가 아니다
그분이 주관하신다

그래서 오늘에 감사하고
내 자리에서 최선을 다하며
나에게 주신 소명을 찾는다

나는 귀를 통해
삶을, 순종을, 감사함을 배웠다

날

하루치 은혜면 하루를 살 수 있네
아침 이슬처럼 가볍게 내려앉은 숨결

매일 주시는 만나 한 알 한 알이
텅 빈 마음의 단비 되어

내일의 걱정은 잠시 접어 두고
오늘 받은 은혜로 또 하루를 걷는다

하루치 은혜가 모여
내 삶의 노래가 되리니

하나님의 손길은 늘 새로워
매일 아침, 만나를 내려주신다

동요

엘

엘엘로이 이스라엘
그분이 지금은 나의 하나님

엘엘로이 이스라엘
그분이 지금은 너의 하나님

세상의 그 누구보다 높고
세상의 어떤 문제보다 크신
그분이 나의 하나님

세상의 어떤 화가보다
섬세하게 노을빛을 그리고
세상의 어떤 엄마보다
자녀의 울음소리에 예민한

바로 그분이
스스로 존재하시는
우리의 하나님

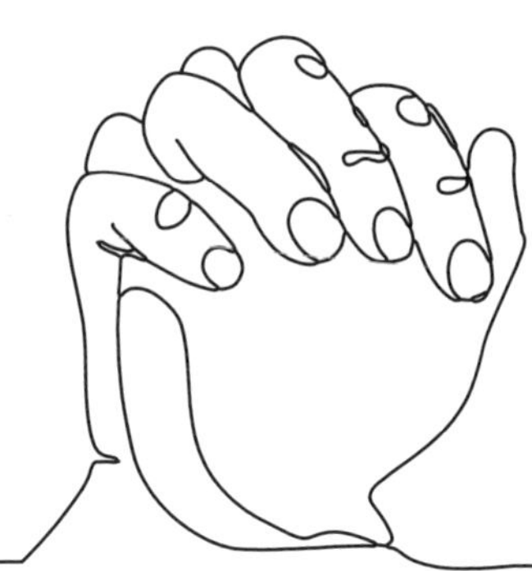

통

고통은 선물
하나님이 보낸 엉뚱한 포장지입니다

아픈 시간이 남긴 자국 위에
하나님의 속삭임이 박혀
다른 길을 가보라고 말하십니다

뜨거운 가시처럼 박힌 기억이
어리석음을 몰아내고
한 발짝 더 깊은 지혜로 이끕니다

고통은 멈추지 않는 반복에
휴식과 전환을 선물합니다

그래서 고통은 축복이고

우리는 남의 고통에도 뛰어들 수 있습니다

길

먼 길을 떠납니다
너무 멀어서 단숨에 갈 수는 없습니다
혼자 가려니 외로울 것도 같고, 심심할 것도 같고
어쩌면 무서울 것도 같습니다

여행이라 생각하기로 했습니다
한 걸음 내디뎌 봅니다
한 걸음 한 걸음 길을 떠납니다

어느새 누구와 대화를 하고 있습니다
오늘은 가파른 언덕을 지날 것 같네요
숨이 차고 힘들겠지요
오늘은 푸른 들판을 지날 것 같네요
예쁜 꽃이 많이 피었으면 좋겠어요
오늘은 해안 길을 지날 것 같네요
아 얼마나 시원할까요

한 걸음 한 걸음 걷던 길을
폴짝폴짝 뛰어갑니다
오늘은 또 어떤 길을 가게 될까요
즐겁기만 합니다
주와 함께 가는 길

가치

삶

삶은 달걀이다
태어났지만 다시 태어나야 한다
고통의 연속이다

삶은 감자다
맛있는 간식이지만 배고픔을 달래기 위한 식사이기도 하다
공평하기도 불공평하기도 하다

삶은 하얀 수건이다
아무리 더러워도 삶으면 새하얘진다
삶고 삶으면 해져서 너덜너덜해진다

하지만 살아있기에 고통도 느낀다
살아있어서 느끼는 아픔도 있다
그러니 오늘도 살자 살아내자

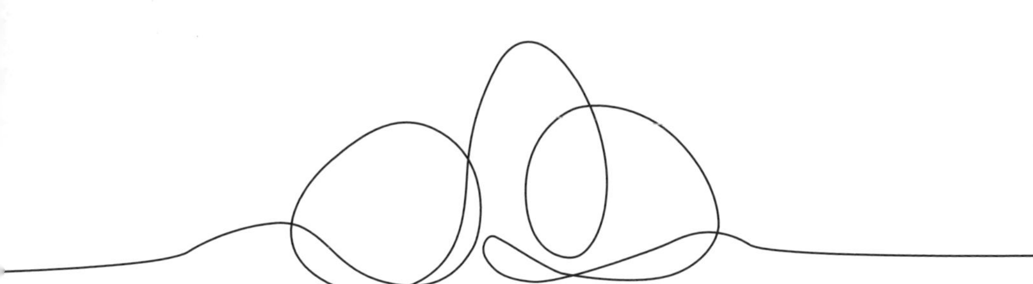

승

넘어진 그 순간은
흔적만 남긴 작은 역사

흙먼지 묻은 무릎 위에
포기 대신 손을 얹고 일어서면
진짜 실패는 없다

멈춰 선 발걸음만이
길을 잃은 용기이니

흔들려도 좋다
다시,
한 걸음 떼 보는 것이
진짜 승리다

금

햇살에 반짝이는 강물도
손을 담그면
흩어진다

유리창에 비친 노을도
저녁이면
어둠에 잠긴다

사람의 마음도
그렇다

부드러운 미소 뒤에
숨은 상처가 있고

고요한 눈빛 속에
말하지 못한
이야기가 흐른다

진짜 황금은
가장 조용한 곳에
묻혀 있다

보이지 않아도
사라지지 않는다

나는 오늘도
소리 없는 황금을
조용히 사랑한다

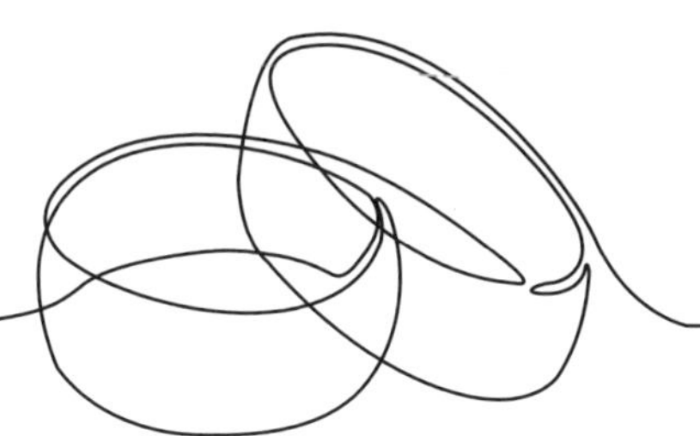

돈

돈은
주머니 속에서만 맴돌면
차가운 금속일 뿐

흘러가며
배고픈 이를 먹이고
어두운 길을 밝히고
무너진 마음을 일으킬 때

비로소
따뜻한 불빛이 된다

내 욕심을 채우는 순간엔
작은 점 하나일 뿐이지만

세상을 향해 쓰이는 순간
그 점이
별이 되어 빛난다

돈의 진짜 가치는
'나'를 넘어
'우리'로 이어질 때
피어난다

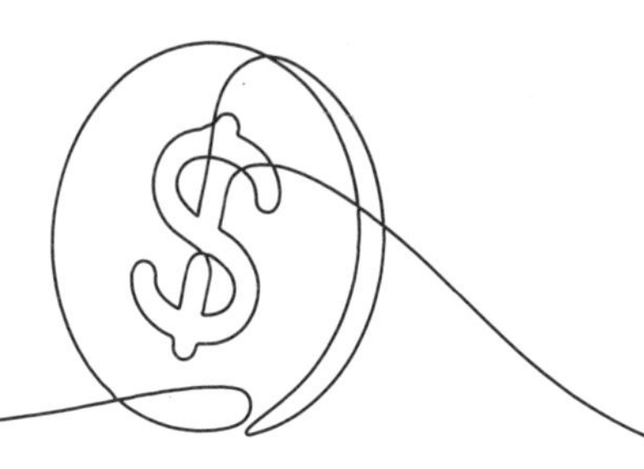

또

모든 것을 보았고
모든 것을 경험했으나
아무것도 기억나지 않는다

첫사랑도 봤고
지구 종말 영화도 봤고
냉장고 속 유통기한 지난 우유도 봤다
심지어 철학도 해봤다

뜨거운 커피에 입 데어봤고
뜨거운 말에 마음도 데어봤는데
지금은 얼음물처럼 차분하다

분명 어제는 현자였고
오늘은 멍청이인데
내일은 또 뭘 경험할지 모르겠는 이 기분!

경험이 지혜를 만든다지만
내 지혜는 자꾸
전원을 뽑기 전에 꺼지는 컴퓨터 같다

그럼에도 불구하고
기억 안 나니 실수도 안 했고
후회도 없고
매번 새로워서 지루할 틈이 없다

세상에서 제일 자유로운 건
모든 걸 잊은 자다

…근데 혹시
우린 어디서 본 적 있나요?

풋

고통을 마주한 나는
찢어진 심장 조각 위에
조심스레 농담을 올리네

고통에 동의함으로써
유머가 비집고 나온다

눈물 사이로 번지는 미소처럼
흔들리는 몸에도
떨리는 목소리에도
우리는 서로를 웃게 하리라

아픔 뒤에 숨은 희망 하나,
그 위에 가볍게 던지는 웃음은
가혹한 세상에 건네는 작은 반항

오늘도 나는 아픔과 손잡고
장난스러운 농담 한 자락을 키운다

고통을 허락한 자만이 알 수 있는
가장 깊고도 따뜻한 웃음이여

안

불안을 막을수록 그림자 짙어지고
내 마음 길도 닫혀 숨결조차 메이도다

가슴에 손을 얹어 스스로를 품으니
흔들림 또한 나를 살게 하는 숨이로다

불안을 품을 때야 참됨을 알게 되니
자유란 내 안에서 피어나는 기운이라

꼭

'운동해야 해' 대신
'산책도 괜찮지'라 하니
운동화 끈이 느슨해졌다

'성공해야 해' 내려놓고
'경험도 자산이지'라며 걷자
길이 넓어졌다

세상은 말한다,
"더 빨리, 더 높이"

나는 오늘
거북이 등에 기대어 쉰다

지쳤다면
'반드시'를 종이비행기로 접어
창밖으로 날려보게

그 자리엔

바람 같은 자유가 올 테니

답

판단하지 말고 분별하자
내 안에는 답이 없다

무심히 흘러온 생각들
돌아보며 토를 다는 대신
맑은 호흡으로 헤아려 본다

어제의 기준에 매이지 않고
흰 종이 위에 잉크를 떨어뜨리듯
순수한 의도를 차곡차곡 분류한

좋고 나쁨의 경계에서
발걸음을 멈추지 않고
의미의 무게를 조심스레 달아 본다

내 안의 목소리가 아닌
사이사이 여백의 지혜를 듣고
조용히 길을 낸다

정답을 찾으려 애쓰지 말고
투명한 눈으로 보고
부드러운 마음으로 나눈다

그리하여
판단 대신 분별이 깃든 자리에서
비로소 세상이 읽힌다

말

때로는
말하는 대로
진실이 된다

입술 끝에서 떠난 소리는
허공에 녹아 사라지지 않고
바람의 결을 따라
조용히 뿌리 내린다

"나는 괜찮아"라 말하자
부서진 마음 한 조각이
살며시 붙고

"곧 괜찮아질 거야"라고 속삭이자
어둠 속에도 작은 불빛이 깜빡였다

말은 그림자처럼
늘 나보다 먼저 움직이고
나보다 늦게 사라지며
가끔은 나조차 믿게 한다

지금은 거짓 같은 그 말이
시간을 지나
현실을 닮아가고

마침내
진실의 얼굴을 한다

창

모두 자신의 창만 본다
저마다 닦고 닦은 논리의 유리창
거기 비친 세상은 늘
자기 얼굴을 닮았다

정치 이념의 색으로
고집의 얼룩으로
선입견의 먼지로
창은 점점 불투명해지고

서로의 창을 두드리면
탁, 냉랭한 소리만 돌아온다
그 안의 우리는
서로를 오해한 채, 제각각 선다

이제 창을 넘어가 보자
너의 빛이 내게 스며들고
나의 바람이 너를 흔드는 그곳으로

유리 너머가 아닌, 같은 공기 속에서
우린 마침내 하나가 된다
투명한 마음 하나로

물

돌은 단단하고
물은 부드럽다

돌은 버티고
물은 흐른다

하지만 세월이 지나면
돌은 깎이고
물은 길을 낸다

부드러움은 약함이 아니다
끝까지 포기하지 않는
조용한 힘이다

눈물은 화보다 강하다
부서지지 않고
스며들어 마음을 적신다

세상을 바꾸는 건
주먹이 아니라
흐르는 물과
멈추지 않는 눈물이다

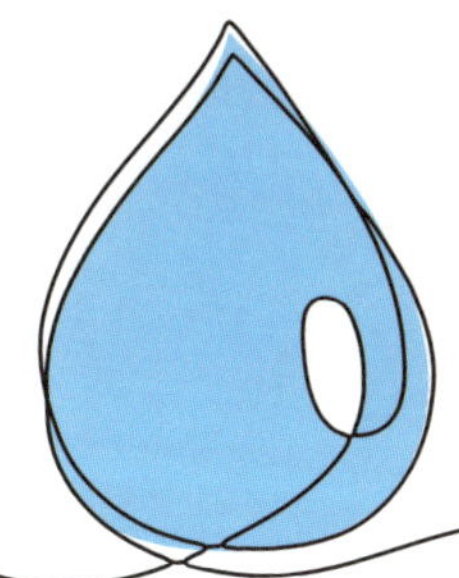

점

멈춘 줄 알았더니
점 하나 찍은 그 자리
새 길이 열리더라

끝이라 믿던 순간
숨 쉬듯 이어지는 선
삶은 늘 돌아 흐른다

작은 점 모여들어
별이 되고 길이 되어
나를 다시 이끈다

돌고 도는 인연 속
하나의 점으로 서서
나는 또 나를 잇는다

선

점을 잇다 보니
어느새 길이 되었다

누군가는 직선으로 달리고
누군가는 곡선으로 머문다

삶의 선은 자로 잴 수 없고
뜻하지 않은 만남에 꺾이기도 한다

하지만 그 모든 굽이마다
내 이야기가 흐른다

선을 따라 걷는 나는
어제의 점과
내일의 점을 이어가는
하루의 사람이다

면

선을 따라 걷다 보니
그 사이에 숨이 생겼다

겹겹이 쌓인 시간들이
하루의 면을 이루고

사람과 사람이 닿을 때
감정이 빛처럼 번져 퍼진다

그렇게 우리는
서로의 면을 비추며
입체로 살아간다

점이 모여 선이 되고
선이 모여 면이 되듯
나의 이야기도
누군가의 삶에 닿아
하나의 세상이 된다

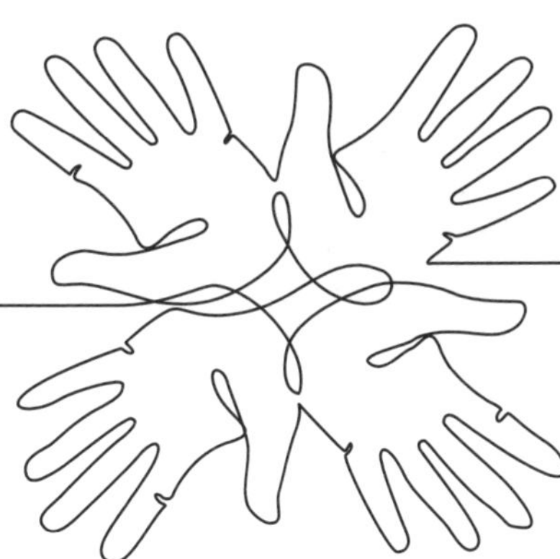

소망

시

존재가
스스로를 드러낸다

빛이 그림자를 깨우듯
고요 속에 파문이 번지고

그 떨림은
이름 없는 바람이 되어

조용히 머물다
다시 흘러가며

존재의 울림을
세상에 건네준다

끝

죽음은 소멸이 아니다
죽음은 고요한 옮겨감이다

모든 숨이 멎고
모든 빛이 꺼진 후에도
가만히 살아남는 것이 있다

우리가 '끝'이라 부르는 것은
결코 모든 것이 닫히는 순간이 아니다
다만, 다른 문 하나가 조심스레 열릴 뿐이다

흙이 덮는다고 뿌리가 사라지지 않듯
눈이 감긴다고 꿈이 죽지는 않는다

슬픔의 깊은 심연 너머에도
희미한 숨결은 흐른다
이름도, 모양도 잃은 사랑은
아주 조용히 다른 형태로 다시 피어난다

끝이 있어 아름답고
끝이 있어 다시 시작된다

나는 사라지지 않는다
나는 단지 옮겨간다

어디엔가, 아주 조용히
희미한 빛을 품은 채로

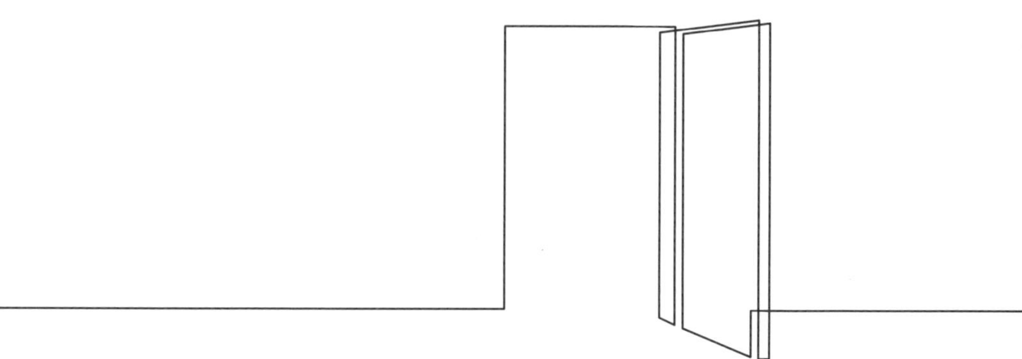

밤

오늘 밤에 산타할아버지 오실까
창가에 불빛 반짝이면 혹시 오실까
난 거짓말도 안 했는데
작은 손 두 손 모았는데

착한 일도 많이 했는데
울고 싶을 땐 꼭 참았는데
아픈 것도 잘 견뎠는데
눈송이처럼 기다렸는데

산타, 오늘 오시나요
내 맘의 편지 보셨나요
작은 꿈 하나 품었어요
그대의 종소리 들려오길

하얀 별빛 따라
내 마음도 날아가요
하루하루 버틴 이 밤
기적처럼 웃게 해줘요

산타, 오늘 오시나요
내 마음 이젠 다 준비됐어요
기다림 끝에 피어날 노래
이 밤에, 함께 불러요

인사

해

2025년의 마지막 날,
마지막을 불태우고
마지막 해가 쉬러 갑니다

2026년의 첫날,
졸린 눈을 비비며
어제의 해가 출근합니다

매일 똑같은 해가
우리에게 오지만,
'새해'라 불리는 아이는
우리에게 '일 년'이라 불리는
365일을 선물합니다

우리, 이 선물을 받아
기쁜 마음 한 아름 들고
2026년에 만나
두 글자 이야기를 써 내려가요